Библиотека
начальной школы

Сказки дядюшки Римуса

ДЖ. ХАРРИС

Пересказ с английского
М. ГЕРШЕНЗОНА

Художник
И. Кострина

Москва
Издательство АСТ

Братец Лис и Братец Кролик

Как-то вечером мама долго искала своего сынишку. Джоэля не было ни в доме, ни во дворе. Она услышала голоса в старой хижине дядюшки Римуса, заглянула в окно и увидела, что мальчик сидит рядом со стариком.

Мальчик прислонил голову к плечу дядюшки Римуса, во все глаза глядя в морщинистое ласковое лицо.

И вот что услышала мама.

— Гонялся, гонялся Братец Лис за Братцем Кроликом, и так и этак ловчился, чтобы его поймать. А Кролик и так и этак ловчился, чтобы Лис его не поймал.

— Ну его совсем, — сказал Лис.

И только вылетели эти слова у него изо рта, глядь, вот он скачет по дороге — гладкий, толстый и жирный Кролик!

— Эй, там, погоди, Братец Кролик! — сказал Лис.

— Некогда мне, Братец Лис.

— Мне с тобой поболтать охота, Братец Кролик.

— Ладно, Братец Лис. Только ты оттуда кричи, где стоишь, не подходи ко мне близко: блох у меня сегодня, блох! — так сказал Кролик.

— Я видал вчера Братца Медведя, — сказал Лис. — Он такую мне трёпку задал за то, что мы с тобой всё не ладим. «Вы, говорит, соседи, должны жить дружно». Я обещал ему, что потолкую с тобой.

Тут Кролик поскрёб лапкой за ухом — вроде как от радости, встал и говорит:

— Отлично, Братец Лис. Приходи ко мне завтра, пообедаем вместе. Ничего такого нет у нас дома, да жёнушка с ребятками пошарят, уж найдут, чем тебя угостить.

— Я с удовольствием, — сказал Лис.

— Ну, я буду ждать, — сказал Кролик.

Домой пришёл Братец Кролик грустный-грустный.

— Что с тобой, муженёк? — спрашивает Матушка Крольчиха.

— Завтра в гости обещался прийти Братец Лис, — говорит Кролик. — Нужно нам держать ухо востро, чтобы он не застал нас врасплох.

На другой день Братец Кролик и Матушка Крольчиха встали ранёхонько, до света, и пошли в огород; набрали капусты, моркови и спаржи, состряпали знатный обед.

Вдруг один из крольчат, который играл во дворе, кричит:

— Ой, мама! Ма! Братец Лис идёт!

Тогда Кролик живо детишек за уши и усадил их, а сам с Матушкой Крольчихой — у дверей: ждут Братца Лиса.

Ждут они, ждут — не идёт Лис.

Вот немного погодя выглянул Братец Кролик за дверь потихоньку. Смотрит — из-за угла торчит самый кончик хвоста Лиса. Тогда закрыл Кролик дверь, сел, лапки положил за уши и запел:

Если миску уронить —
Разобьётся миска.
Если близко лисий хвост —
Значит, близко Лиска.

Вот пообедали Братец Кролик, и Матушка Крольчиха, и все ребятки, и никто им не мешал. А потом приходит Братец Ёж и говорит:

— Братец Лис просит прощенья: он захворал, никак не мог прийти. Он просит, чтобы Братец Кролик завтра пришёл к нему на обед.

Солнышко поднялось совсем высоко; тогда Кролик вскочил и побежал к дому Лиса. Прибегает, слышит — стонет кто-то. В дверь заглянул и видит: сидит Лис в кресле, весь закутанный в байковое одеяло, а вид у него слабый-слабый.

Глянул Кролик по сторонам — нигде не видно обеда. Миска стоит на столе, а рядом острый ножик.

— Никак на обед у тебя курочка, Братец Лис? — говорит Кролик.

— Да, Братец Кролик, а какая молоденькая да свеженькая! — говорит Лис.

Тут Кролик разгладил усы и сказал:

— Ты никак сготовил без укропа, Братец Лис? Что-то мне в горло не лезет курятина без укропа.

Выскочил Кролик из дверей и стрельнул в кусты, присел и ждёт Лиса.

Долго ждать не пришлось, потому что Лис сразу скинул байковое одеяло — и за ним вдогонку. А Кролик кричит ему:

— Эй, Братец Лис! Вот я тут положил на пенёк укроп. Бери скорей, пока не увял!

Так он крикнул и поскакал дальше. И Лис его не поймал.

Смоляное чучелко

— Что же, Лис никогда-никогда не поймал Кролика? А, дядюшка Римус? — спросил Джоэль на другой вечер.

— Было и так, дружок, — чуть-чуть не поймал. Помнишь, как Братец Кролик надул его с укропом?

Вот вскоре после этого пошёл Братец Лис гулять, набрал смолы и слепил из неё человечка — Смоляное Чучелко.

Взял он это Чучелко и посадил у большой дороги, а сам спрятался под куст. Только спрятался, глядь — идёт по дороге вприскочку Кролик: скок-поскок, скок-поскок.

Старый Лис лежал тихо. А Кролик, как увидел Чучелко, удивился, даже на задние лапки встал. Чучелко сидит и сидит, а Братец Лис — он лежит тихо.

— Доброго утра! — говорит Кролик. — Славная погодка нынче.

Чучелко молчит, а Лис лежит тихо.

— Что ж это ты молчишь? — говорит Кролик.

Старый Лис только глазом мигнул, а Чучелко — оно ничего не сказало.

— Да ты оглох, что ли? — говорит Кролик. — Если оглох, я могу погромче кричать.

Чучелко молчит, а Старый Лис лежит тихо.

— Ты грубиян, я тебя проучу за это! Да, да, проучу! — говорит Кролик.

Лис чуть не подавился со смеху, а Чучелко — оно ничего не сказало.

— Когда тебя спрашивают, надо отвечать, — говорит Кролик. — Сейчас же сними шляпу и поздоровайся, а нет — я с тобой разделаюсь по-свойски!

Чучелко молчит, а Братец Лис — он лежит тихо.

Вот Кролик отскочил назад, размахнулся и как стукнет Чучелко по голове кулаком! Кулак прилип, никак не оторвёшь его: смола держит крепко.

А Чучелко всё молчит, и Старый Лис лежит тихо.

— Отпусти сейчас же, а то ударю! — говорит Кролик.

Ударил Чучелко другой рукой, и эта прилипла.

А Чучелко — ни гугу, а Братец Лис — он лежит тихо.

— Отпусти, не то я тебе все кости переломаю! — так сказал Братец Кролик.

Но Чучелко — оно ничего не сказало. Не пускает, и только.

Тогда Кролик ударил его ногами, и ноги прилипли. А Братец Лис лежит тихо.

Кролик кричит:

— Если не пустишь, я буду бодаться!

Боднул Чучелко — и голова прилипла. Тогда Лис выскочил из-под куста.

— Как поживаешь, Братец Кролик? — говорит Лис. — Да что ж ты не здороваешься со мною?

Повалился Лис на землю и ну смеяться. Уж он хохотал, хохотал, даже в боку закололо.

— Ну, сегодня-то мы пообедаем вместе, Братец Кролик! Нынче я и укроп припас, так что ты у меня не отвертишься, — сказал Лис.

...Тут дядюшка Римус замолчал и стал вынимать из золы картошку.

— Старый Лис съел Братца Кролика? — спросил мальчик дядюшку Римуса.

— А кто их знает, — ответил старик. — Сказка-то кончена. Кто говорит — Братец Медведь пришёл, его выручил, а кто говорит — нет. Слышишь, мама зовёт тебя. Беги, дружок.

Храбрый Братец Опоссум

— Как-то ночью, — сказал дядюшка Римус, посадив мальчика к себе на колени и задумчиво поглаживая его по волосам, — как-то ночью Братец Опоссум зашёл к Братцу Еноту; опростали они большую миску тушёной моркови, выкурили по сигаре, а потом отправились погулять, посмотреть, как поживают соседи. Братец Енот — всё трусцой да трусцой, Братец Опоссум — вприскочку да вприпрыжку. Опоссум до отвала наелся фиников, а Енот наглотался вволю лягушек и головастиков.

Гуляли они, гуляли. Вдруг слышат — где-то в лесу сама с собой толкует собака.

— Вдруг она кинется на нас, Братец Опоссум? Что мы будем делать? — спросил Енот.

Опоссум только усмехнулся:

— Ну уж я не дам тебя в обиду, Братец Енот. А ты что будешь делать?

— Кто? Я? — сказал Енот. — Пусть попробует сунется только — все рёбра пересчитаю!

А собака увидала их и не стала тратить времени зря. Она и здороваться не стала. Прямо кинулась на них — и всё тут.

Братец Опоссум в ту же минуту осклабился, рот до ушей, и кувырнулся на спину, будто мёртвый.

А Енот — тот мастер был драться. Подмял под себя собаку и ну трепать. Правду сказать, от собаки не много осталось, а то, что осталось, вырвалось — и наутёк, в самую чащу, будто кто пальнул из ружья.

Вот Братец Енот привёл свой костюм в порядок, встряхнулся, а Братец Опоссум всё лежал как мёртвый. Потом осторожно привстал, огляделся да как бросится бежать, только пятки засверкали.

В другой раз, как повстречались Опоссум и Енот, говорит Опоссум:

— Здравствуй, Братец Енот! Как поживаешь?

Но Енот — руки в карманы, здороваться не хочет.

— Ты что ж это нос воротишь, Братец Енот? — спрашивает Опоссум.

— Я с тру́сами и разговаривать не хочу, — отвечает Енот. — Ступай своей дорогой!

Опоссум разобиделся — страх.

— Кто ж это трус, нельзя ли узнать?

— Да ты, конечно, — говорит Енот. — Очень нужны мне такие приятели, что кидаются на спину и строят из себя мёртвых, чуть дело дойдёт до драки!

Опоссум, как услышал эти слова, ну смеяться, ну хохотать.

— Неужто ты думаешь, Братец Енот, что я со страху? Не думаешь ли ты, что я испугался несчастного пса? И чего мне было бояться? Я ведь отлично знал, что если я не слажу с этой собакой, ты-то задашь ей жару. Да я просто лежал и смотрел, как ты треплешь её, и ждал, когда придёт мой черёд позабавиться.

Но Енот только нос наморщил:

— Рассказывай сказки, Братец Опоссум. Как дотронулась до тебя собака, ты сразу кувырнулся и прикинулся мёртвым.

— Так ведь я говорю тебе, Братец Енот, что это совсем не от страху. Я одной только вещи и боюсь на свете — это щекотки. А когда эта собака ткнулась носом мне в рёбра, я рассмеялся, и так разобрал меня смех, что вот не шелохнуть ни рукой, ни ногой! Конечно, её счастье, что я боюсь щекотки, а то ещё минута — и я разорвал бы её в клочья. Драки я не боюсь никакой, Братец Енот, но щекотка — это дело другое. С кем угодно согласен я драться, но только — чур — без щекотки.

— Вот с того самого дня, — продолжал дядюшка Римус, глядя, как завивается в кольца дымок из трубки, — и до сих пор так боится щекотки Братец Опоссум: тронь его только между рёбер — кидается на спину и хохочет до упаду, так что не может шевельнуть ни рукой, ни ногой.

Как Братец Кролик перехитрил Братца Лиса

— Дядюшка Римус, — спросил Джоэль вечером, когда старик как будто ничем не был занят, — скажи, когда Лис поймал Кролика Чучелком, он не убил его и не съел?

— Разве ж я не рассказывал тебе об этом, дружок? Ну да, я ведь сонный был, и в голове у меня всё спуталось, и мама как раз позвала тебя. О чём же мы тогда толковали? Помню, помню. Ты никак и глазки уже трёшь? Нет, плакать по Братцу Кролику погоди. Даром, что ли, он был такой шустрый? Ты послушай, что дальше будет.

Приклеился, значит, Братец Кролик к Чучелку, а Старый Лис ну кататься по земле, ну хохотать.

А потом говорит:

— Сдаётся мне, Братец Кролик, на этот раз я тебя поймал. Может, я и ошибаюсь, но кажется мне, что поймал. Ты всё тут скакал и потешался надо мной, но теперь конец твоим шуткам. И кто просил тебя лезть не в своё дело? И зачем сдалось тебе это Чучелко? И кто это прилепил тебя к нему? Никто, никто в целом свете! Никто не просил тебя, а просто ты сам взял и влепился в это

Чучелко! И сам ты во всём виноват, Братец Кролик! Так и надо тебе, так и будешь сидеть, пока я не наберу хворосту и не зажгу его, потому что я, конечно, зажарю тебя сегодня, Братец Кролик.

Так сказал Старый Лис.

А Кролик отвечает так смирно, послушно:

— Делай со мной что хочешь, Братец Лис, только, пожалуйста, не вздумай бросить меня в этот терновый куст. Жарь меня, как

хочешь, Братец Лис, только не бросай меня в этот терновый куст.

— Пожалуй, слишком много возни с костром, — говорит Лис. — Пожалуй, я лучше повешу тебя, Братец Кролик.

— Вешай, как хочешь высоко, Братец Лис, — говорит Кролик, — только бы ты не вздумал бросить меня в этот терновый куст.

— Верёвки-то у меня нет, — говорит Лис, — так что, пожалуй, я утоплю тебя.

— Топи меня так глубоко, как хочешь, Братец Лис, — говорит Кролик, — только не бросай меня в этот терновый куст.

Но Братец Лис хотел расправиться с Кроликом покрепче.

— Ну, — говорит, — раз ты боишься, как раз и брошу тебя в терновый куст.

— Где тебе! — говорит Братец Кролик. — С Чучелком-то я слишком тяжёл, не добросишь.

Схватил Лис Кролика за уши да как тряхнёт! Отклеилось, упало Чучелко.

— А вот и доброшу, — говорит Лис.

Как размахнётся, как бросит Кролика в серёдку тернового куста, даже треск пошёл. Встал Лис на задние лапы, смотрит, что будет с Кроликом. Вдруг слышит — кличет его кто-то. Глядь — там, на пригорке, Братец Кролик на брёвнышке, нога на ногу, сидит-

посиживает, смолу из шерсти вычёсывает щепкой.

Понял тут Лис, что опять остался в дураках.

А Братцу Кролику позлить его охота, он и кричит:

— Терновый куст — мой дом родной, Братец Лис! Терновый куст — мой дом родной!

Вскочил и пропал, как сверчок в золе.

Сказка про лошадь Братца Кролика

Раз после ужина мальчик прибежал к старому негру, чтобы послушать ещё про Братца Кролика и его приятелей.

Дядюшка Римус был очень весел в этот день. Только Джоэль сунул голову в дверь, как услышал песенку:

Где ты, Братец Кролик?
Сидишь на крылечке,
Куришь сигару,
Пускаешь колечки?

И мальчик тотчас вспомнил, как гнался за Кроликом Старый Лис.

— Дядюшка Римус, — спросил Джоэль, — а Кролик совсем удрал, когда отлепился от Чучелка?

— Что ты, дружок! Зачем ему было совсем удирать? Такой человек, как Братец Кролик, да вдруг удирать! Конечно, он посидел дома, пока не выскреб из шерсти смолу;

день, другой посидел и опять за своё: скачет то здесь, то там как ни в чём не бывало.

Все соседи посмеивались над Кроликом:

— Ну-ка, ну-ка, Братец Кролик, расскажи, что случилось у тебя со Смоляным Чучелком?

Уж так-то ему это надоело. Вот зашёл он раз навестить свою соседку, Матушку Мидоус с дочками, а девчонки ну потешаться над ним, ну хохотать. Братец Кролик сидел спокойно, будто оглох.

— А кто это — Матушка Мидоус? — спросил мальчик.

— Не перебивай, дружок. Ну просто так говорится в сказке: Матушка Мидоус с дочками, а больше я ничего не знаю.

Слушал, слушал Кролик, как они потешались над ним, потом положил ногу на ногу, подмигнул девочкам и говорит:

— Милые вы мои, да ведь Братец Лис у моего папаши тридцать лет был верховой лошадью; может, и больше, но тридцать — это наверное.

Так он сказал, и встал, и откланялся, и пошёл прочь медленным, важным шагом.

На другой день заглянул к Матушке Мидоус Братец Лис.

Только стал он вспоминать про Чучелко, Матушка Мидоус и скажи, что говорил тут Кролик.

— Вот как! — сказал Старый Лис. — Ну ладно. Я заставлю Братца Кролика разжевать и выплюнуть эти слова тут же, на этом самом месте.

С тем и ушёл.

Выбрался на большую дорогу, отряхнул росу с хвоста и пустился прямёхонько к дому Кролика.

Но Кролик ждал его, и дверь была на запоре.

Старый Лис постучался. Никто не отзывается. Опять постучался. Опять никого. Тогда он постучался покрепче: блям! блям!

Тут Кролик откликнулся слабеньким голосом:

— Это ты, Братец Лис? Будь добр, сбегай за доктором. Поел я утром фасоли, уж так мне от неё стало худо! Пожалуйста, Братец Лис, беги быстрей!

— А я за тобой, Братец Кролик, — говорит Лис. — Нынче у Матушки Мидоус праздник будет, я обещал им тебя привести.

— Куда мне! — говорит Кролик. — Я и встать не могу.

— Ну, далеко ли тут идти? — говорит Братец Лис.

— Да я слаб, не дойду.

— Ну, я понесу тебя.

— Как, Братец Лис?

— Ну, на руках, Братец Кролик.

— А если я свалюсь?

— Не свалишься.

— Ну ладно, так и быть, только ты на спине меня повези, Братец Лис.

— Хорошо, Братец Кролик.

— А седла-то нет у меня, Братец Лис.

— Ну, я достану седло, Братец Кролик.

— Как же я буду сидеть в седле без уздечки?

— Ну, я достану уздечку.

— Только тебе ещё нужны наглазники, Братец Лис, а то, чего доброго, испугаешься по дороге — я и вылечу из седла.

— Ладно, и наглазники будут, Братец Кролик.

— Ну, тогда хорошо, Братец Лис.

Старый Лис сказал, что довезёт Кролика почти до самого дома Матушки Мидоус, а там ему придётся слезть и дойти пешком. Кролик согласился, и Лис побежал за седлом и уздечкой.

Конечно, Кролик знал, что Лису верить нельзя, вот он и решил перехитрить его. Только успел Кролик шерсть причесать и усы закрутить, глядь — воротился Лис с седлом и уздечкой, смирный с виду, как пони в цирке. Подбежал к дверям, остановился, лапой землю скребёт, грызёт уздечку, совсем как лошадь.

Кролик сел в седло, и они поскакали.

Старому Лису в наглазниках не видно, что делается сзади, но вдруг он чувствует — Кролик поднял ногу.

— Что ты там делаешь, Братец Кролик?

— Стремя подтягиваю, Братец Лис.

Немного погодя Кролик поднял другую ногу.

— Что ты теперь делаешь, Братец Кролик?

— Штаны поправляю, Братец Лис.

А всё это время Кролик привязывал шпоры. Как подъехали они близко к дому Матушки Мидоус, где Кролику надо было слезть, стал

Лис останавливаться. Тут Кролик как всадит ему шпоры в бока — и пошёл, и пошёл!..

Подъехали они к дому. Матушка Мидоус со всеми дочками сидела у порога. Братец Кролик проскакал мимо, прямо к коновязи, и привязал Лиса. А потом входит в дом, пожимает ручки девочкам, сидит, раскуривает свою сигару.

Затянется, пустит колечко дыма, а сам говорит:

— Разве я не рассказывал вам, что Братец Лис ещё моего папашу катал? Он потерял немножко резвость, но я натаскаю его снова за месяц-другой.

Тут Братец Кролик усмехнулся, а девочки — хохотать, а Матушка Мидоус знай похваливает лошадку Братца Лиса.

— И это всё, дядюшка Римус? — спросил мальчик.

— Всё не всё, да хватит. А то будет слишком много холста на пару штанов, — ответил поговоркою старый негр.

Как Братец Кролик опять перехитрил Братца Лиса

На другой день мальчик пришёл к дядюшке Римусу послушать, чем кончилась история с лошадью Братца Кролика. Но дядюшка Римус был не в духе.

— Плохим мальчикам я не рассказываю никаких сказок, — сказал он.

— Но ведь я не плохой, дядюшка Римус!

— А кто кур гонял сегодня утром? И кто стрелял из рогатки? И кто в обед науськал собаку на моего поросёнка? И ко мне на крышу кто бросал камни?

— Я не нарочно, дядюшка Римус, и я больше не буду. Пожалуйста, дядюшка Римус, а я коржиков тебе принесу.

— Коржики — они, конечно, лучше на вкус, чем на слух...

Но прежде чем старик кончил, Джоэль стрелой умчался прочь, а через минуту вернулся назад с полными карманами коржиков.

— Право, твоя мама подумает, что у крыс по соседству вот как животы раздуло! — усмехнулся дядюшка Римус. — Эти вот я сейчас съем, — продолжал он, раскладывая коржики на две одинаковые кучки, — а вот эти оставлю на воскресенье... Так до чего ж мы дошли? Я и забыл, что у нас делали Братец Лис и Братец Кролик.

— Кролик прискакал на Лисе верхом к Матушке Мидоус и привязал Лиса к коновязи.

— Ага! — сказал дядюшка Римус. — Так вот, привязал он свою лошадь к коновязи, а сам пошёл в дом, закурил сигару. Они болтали с Матушкой Мидоус и с девочками и пели, и девочки играли на пианино. Потом Братцу Кролику пришло время уходить. Попрощался он и пошёл к коновязи такой важной походкой, вроде как барин. Сел на Лиса и поехал прочь.

Старый Лис ничего не сказал. Он только стиснул зубы и поскакал вперёд.

Но Братец Кролик знал, что Лис так и кипит от злости. Ох и струсил же он!

А Лис бежал, бежал, пока не выбрался на лужайку, подальше от дома Матушки Мидоус. Тут он как с цепи сорвался. Уж он бесился: и фыркал, и бранился, и визжал, и прыгал, и кружился... Так и этак старался сбросить Братца Кролика со спины. Но Кролик держался крепко. Выгнет спину Лис, а Кролик его шпорами. Старый Лис и вверх, и вбок, щёлк да щёлк зубами — чуть свой собственный хвост не отгрыз. Потом вдруг на землю — и ну кататься. Тут Кролик и вылетел из седла. Но прежде чем Лис вскочил на ноги, Кролик в кусты — и наутёк. А Лис за ним, да так шибко — еле-еле успел Кролик нырнуть в дупло.

Дыра была маленькая, Лису никак не пролезть.

Вот лёг он, отдышался, стал думать, как быть теперь с Кроликом.

А пока так лежал Старый Лис, пролетал мимо Братец Сарыч.

Увидал, что Лис лежит как дохлый, — дай, думает, закушу дохлятинкой.

Сел на ветку, похлопал крыльями. Наклонил голову набок и говорит, будто сам себе:

— Помер Братец Лис. А мне как жалко!

— Нет, я жив, — говорит Лис. — Я загнал сюда Братца Кролика. Уж на этот раз он не уйдёт, хоть до нового года буду ждать тут.

Потолковали они ещё. Сарыч согласился постеречь Кролика, пока Братец Лис сбегает за топором.

Лис убежал, а Сарыч стал, стоит у дупла. Вот, как стало тихо, Кролик подошёл к дыре и кричит:

— Братец Лис! А Братец Лис!

Но Лис был уже далеко, и никто не ответил. Тогда Кролик закричал:

— Ах, ты не хочешь отвечать, Братец Лис? И не надо! Всё равно я знаю, что ты тут сидишь. А мне и дела нет. Я просто хотел сказать тебе: вот если б тут был Братец Сарыч!

Тогда Сарыч ответил лисьим голосом:

— А зачем тебе нужен Братец Сарыч?

— Да так, просто тут серая белка в дупле, а жирная — сколько живу, такой не видал. Был бы тут Братец Сарыч, уж он бы полакомился белочкой.

Сарыч опять лисьим голосом:

— А как бы поймал её Братец Сарыч?

— А тут, на другой стороне дерева, маленькая дырочка, — говорит Кролик. — Был бы тут Братец Сарыч, стал бы он возле той дырочки, а я бы выгнал оттуда белку.

— Ну гони, гони, — сказал Сарыч, — а я постараюсь, чтоб она не ушла от Братца Сарыча.

Тогда Кролик поднял шум, будто гонит кого-то, и Сарыч побежал на ту сторону ловить белку. А Кролик шмыг из дупла — и во все лопатки домой.

Тут дядюшка Римус взял коржик, откинул назад голову, положил коржик в рот. Потом закрыл глаза и принялся жевать, бормоча под нос песенку.

Как Братец Сарыч перехитрил Братца Лиса

— Если я не ошибаюсь, — начал дядюшка Римус, — Сарыч всё стерёг дупло, куда спрятался Кролик и откуда он давно уже выскочил. На этом мы кончили, Джоэль?

Братец Сарыч совсем приуныл. Но он обещал Лису, что постережёт Кролика.

«Дай-ка, — думает, — подожду Братца Лиса, обману его как-нибудь».

Глядь-поглядь — скачет из лесу Лис с топором на плече.

— Ну, что слышно, Братец Сарыч? Всё там Братец Кролик?

— Там, конечно, — отвечает Сарыч. — Притаился — видно, вздремнул.

— Ну, уж я разбужу его, — говорит Лис.

Скинул он тут свой пиджак, поплевал на руки, взял топор. Размахнулся, как ударит по дереву — поу! Всякий раз, как стукнет топор, — поу!

Сарыч скок да скок, а сам приговаривает:

— Он там, Братец Лис! Он там, он там!

Брызнет в сторону щепка, подскочит Сарыч, голову набок, кричит:

— Он там, Братец Лис! Я слышу, он там!

А Лис знай рубит и рубит. Уж совсем мало осталось рубить, опустил Лис топор, чтобы перевести дух, вдруг видит — сидит у него за спиной Сарыч, усмехается.

Смекнул Лис, что тут дело нечисто. А Сарыч знай твердит:

— Он там, Братец Лис! Он там, мне видать его хвостик!

Тут Лис заглянул в дупло и кричит:

— Погляди, Братец Сарыч, что там торчит? Не нога ли это Братца Кролика?

Сарыч и сунул голову в дупло. А Лис его — хвать за шею. Уж Сарыч и крыльями хлопал, и бился — всё без толку. Лису ловко было держать его, он прижал его к земле, не пускает.

Тут Сарыч взмолился:

— Отпусти меня, Братец Лис! Отпусти, Братец Кролик — он тут, совсем близко! Ещё два разочка ударь топором, и он твой!

— А не лжёшь ли ты, Братец Сарыч?

— Да нет же, он тут, он тут! Отпусти меня к моей жёнушке, Братец Лис! Он тут, Братец Лис, он тут!

— Почему-то клочок его шерсти тут, на кусте ежевики, — говорит Братец Лис, — а пришёл он с другой стороны!

Тогда Сарыч рассказал всё как было.

— Я такого пройдохи, сколько живу, не видывал, Братец Лис, — сказал Сарыч.

А Лис говорит:

— Всё равно ты ответишь мне за него, Братец Сарыч. Я ушёл, Братец Кролик был в дупле, а ты остался стеречь его. Прихожу — ты тут, а Братца Кролика нет. Придётся мне зажарить тебя вместо Кролика, Братец Сарыч.

— Ну, если ты бросишь меня в огонь, я улечу, Братец Лис, — говорит Сарыч.

— А я сперва расшибу тебя оземь, Братец Сарыч.

Так сказал Лис, ухватил Сарыча за хвост, размахнулся... А перья вырвались из хвоста, и Сарыч полетел кверху. Летит и кричит:

— Спасибо, что дал мне разгон, Братец Лис! Спасибо, что дал мне разгон!

И улетел.

А Лис только зубами защёлкал с досады.

— А что сталось с Кроликом, дядюшка Римус?

— Да ты не заботься о Братце Кролике, дружок. Я всё тебе про него расскажу.

Как Братец Кролик выдоил Матушку Корову

— Помнишь, как Братец Кролик обманул старого Сарыча и удрал из дупла?

Вот пустился он домой веселёхонек, ни дать ни взять — сойка в воробьином гнезде. Скачет, скачет и вдруг так притомился — ноги и те не слушаются. Беда как захотелось ему испить чего-нибудь. Уж он был почти дома, глядь — Матушка Корова пасётся в поле. Он и решил попытать тут счастья.

Кролик отлично знал, что Корова нипочём не даст ему молока: не раз уж она гна-

ла его прочь, даже тогда, когда расхворалась Матушка Крольчиха. Вот Братец Кролик поплясал, поплясал у забора и крикнул:

— Как живёшь, Матушка Корова?

— Ничего, Братец Кролик.

— Как здоровье, Матушка Корова?

— Да так: ни худо ни хорошо, Братец Кролик. А ты как поживаешь?

— Ничего, спасибо. Немножко косточки ломит, как проснёшься, — говорит Кролик.

— Как жена, детки? — спрашивает Матушка Корова.

— Да ни худо ни хорошо. А как Братец Бык поживает?

— Так себе, — говорит Матушка Корова.

— Ишь ты, какие финики на этом дереве, Матушка Корова, — говорит Кролик. — Вот бы их отведать!

— Ну, да тебе не достать их, Братец Кролик.

— А ты, будь добра, бодни дерево, стряхни мне штучки две-три, — говорит Кролик.

Ну, Матушка Корова не хотела отказывать Братцу Кролику.

Она подошла к финиковому дереву и боднула его рогами — блям!

Но финики были ещё зелены, как трава, ни один не упал.

Тогда Корова ещё разок боднула дерево — блим!

Ни один финик не упал!

Тогда Корова попятилась немножко, подбежала к дереву — блип! Хоть бы один упал!

Корова отошла немного подальше. Отошла, закинула хвост на спину да как разлетится — керблям! — о дерево.

Так разогналась да так боднула, что один рог глубоко пробил дерево и в нём застрял.

Корова — ни вперёд ни назад. А Братцу Кролику того и нужно было.

— Выручай меня, Братец Кролик, — сказала Матушка Корова.

— Мне ведь не добраться до твоих рогов, — сказал Кролик. — Лучше я сбегаю за Братцем Быком.

И с этими словами пустился домой. Немного спустя воротился с женой и со всеми детками, и, сколько их было, каждый тащил по ведру. У большеньких были большие вёдра, у меньшеньких — вёдра поменьше.

Вот окружили они Матушку Корову — ну доить её.

Выдоили дочиста. И большенькие доили, и меньшенькие доили. А как выдоили, Братец Кролик и говорит:

— Всего доброго, Матушка Корова! Тебе сегодня в поле ночевать. Нельзя же тебе ночевать недоеной! Вот я и подумал: нужно выдоить тебя, чтобы ты не мычала всю ночь.

Так и сказал Братец Кролик. А Матушка Корова всё стояла и дёргала головой, чтобы вырваться, но рог крепко-накрепко засел в стволе.

Солнышко село, и ночь пришла, а Матушка Корова всё стоит. Вот уж стало светать, подался рог.

Вырвалась Матушка Корова, пощипала травки.

«Ну постой, — подумала Корова. — Ты, наверное, прискачешь сюда поглядеть на меня. Уж я с тобой расплачусь!»

Стало солнце всходить; подошла она к дереву и вставила рог обратно в дыру.

Да, видно, когда паслась, ухватила Матушка Корова лишний пучок травы, потому что только вставила она рог в дыру, глядь — а Братец Кролик сидит на заборе и смотрит на неё.

— С добрым утром, — сказал Кролик. — Как себя чувствуешь, Матушка Корова?

Он спрыгнул с забора и поскакал к ней поближе: липпити-клиппити, липпити-клип-пи-ти...

— Плохо, Братец Кролик, совсем никуда, — сказала Матушка Корова. — Всю ночь промаялась. Никак не вытащу рог. Вот ухватил бы ты меня за хвост, я бы вырвалась как-нибудь, Братец Кролик.

Тут Братец Кролик подошёл немножко поближе, но не очень-то близко.

— Дальше нельзя мне, — сказал он. — Ты ведь знаешь, я слабоват. Могу надорваться. Ну-ка, Матушка Корова, ты тяни, а я понатужусь!

Тут Корова вырвала рог да как припустит за Кроликом! Понеслись они по дороге; Кролик — ушки назад, а Корова — к земле рога, хвост крючком. Кролик вперёд ускакал, да вдруг с разлёту — в терновый куст.

Подбежала Корова к кусту, а из-под куста голова торчит — глаза большие, как пуговки.

— Здравствуй, Матушка Корова! Далеко ли бежишь? — спросил Братец Кролик.

— Здравствуй, Братец Большие Глаза! — сказала Матушка Корова. — Не пробегал тут Братец Кролик?

— Вот только-только пробежал, — сказал Кролик. — Да усталый такой, запыхавшийся.

Тут Корова — во всю прыть по дороге, будто псы за ней по пятам.

А Кролик — тот лежал под терновым кустом и катался со смеху, пока у него не закололо в обоих боках.

От Лиса ушёл, и от Сарыча ушёл, и от Коровы ушёл — как же тут было не смеяться?

В гостях у Матушки Мидоус

Джоэль опять приготовился слушать, а дядюшка Римус взял кочергу и сдвинул головешки, чтобы веселей полыхал огонь.

А потом начал:

— Ты знаешь, конечно, что Кролик был не в ладах с Коровой с тех пор, как выдоил у неё молоко.

Вот один раз, когда она гналась за ним, да так быстро, что перебежала через собственную тень, Братец Кролик надумал свернуть с дороги и навестить своих добрых друзей — Матушку Мидоус с девочками.

Скок да скок, скок да скок, и вдруг Братец Кролик видит — под кустом лежит Братец Черепаха.

Остановился Кролик и постучался в крышу дома Черепахи. Ну конечно, в крышу, потому что Братец Черепаха всегда таскает с собой свой дом. В дождь и в вёдро, в зной и в стужу, когда б ты ни встретил его и где б ни нашёл — всюду с ним его славный домик.

Так вот, Кролик постучался в крышу и спросил, дома ли хозяин. А Братец Черепаха ответил, что дома.

— Как ты поживаешь, Братец Черепаха?

— Как ты поживаешь, Братец Кролик?

Потом Кролик спросил:

— Куда ты ползёшь, Братец Черепаха?

А тот отвечает:

— Просто так, гуляю, Братец Кролик.

Тут Кролик сказал, что собрался в гости к Матушке Мидоус с девочками, и спросил, не хочет ли Братец Черепаха отправиться вместе с ним.

— Отчего же, можно, — ответил Братец Черепаха, и они пошли вдвоём.

Поболтали дорогой всласть, и вот уж они пришли. Матушка Мидоус с девочками встречают их на пороге и просят входить, и они вошли.

Братец Черепаха такой плоский, что ему неловко было на полу, и на стуле тоже ему было слишком низко. Вот, пока все искали, на что бы его посадить, Братец Кролик взял его и положил на полку, где стояло ведёрко. Братец Черепаха разлёгся там так важно, будто индюка проглотил.

Ясное дело, зашёл у них разговор о Старом Лисе, и Кролик принялся рассказывать, как он оседлал Лиса и какой замечательный из него получился верховой конь. И все хохотали до упаду — Матушка Мидоус с девочками и Братец Черепаха. А Кролик сидел в кресле, покуривая свою сигару. Откашлялся он и говорит:

— Я б и сегодня приехал на нём, только я задал ему третьего дня такую скачку, что он охромел на одну ногу. Боюсь, придётся его теперь и вовсе сбыть с рук.

Тогда сказал Братец Черепаха:

— Ну что ж, если ты вздумаешь продавать его, Братец Кролик, продай его кому-нибудь подальше, потому что он уж очень надоел нам в наших краях. Только вчера я встретил Братца Лиса на дороге, и представьте, что он сказал мне! «Эй, — крикнул он, — вот и ты, Грязнуха-Ползуха!»

— Ужас какой! — воскликнула Матушка Мидоус. — Слышите, девочки? Старый Лис обозвал Братца Черепаху «Грязнухой-Ползухой»!

И все прямо ахнули, как это Лис посмел обидеть такого милого человека — Братца Че-

репаху! А пока они ахали и возмущались, Лис стоял у задней двери и подслушивал.

Много неприятного услыхал Братец Лис, и вот вдруг он всунул голову в дверь да как крикнет:

— Добрый вечер, друзья! Как поживаете? — и как прыгнет к Братцу Кролику!

Матушка Мидоус с девочками — те подняли крик и визг, а Братец Черепаха подполз к краю полочки и свалился оттуда — да как плюхнется Лису на макушку! Он вроде как бы оглушил Лиса.

А когда опомнился Лис, всё, что он увидел, — это котелок с овощами, перевёрнутый кверху дном в очаге, и сломанный стул. Братец Кролик исчез, и Братец Черепаха исчез, и Матушки Мидоус с девочками тоже как не бывало.

Кролик забрался в трубу — вот почему котелок перевёрнут был в очаге кверху дном.

Братец Черепаха заполз под кровать и притаился за сундуком, а Матушка Мидоус с девочками выскочили во двор.

Лис осмотрелся по сторонам и пощупал свою макушку, куда угодил ему Братец Черепаха. А Кролика и след простыл. На беду, дым и зола доняли Кролика, и вдруг он как чихнёт: апчичхоу!

— Ага! Вот ты где! — сказал Лис. — Ладно, я выкурю тебя оттуда. Теперь ты мой.

Но Кролик ни словечка в ответ.

— Что же, ты не выйдешь добром? — спросил Лис.

А Кролик — ни слова.

Тогда Лис пошёл за дровами. Приходит и слышит — Кролик смеётся.

— Что ты там смеёшься, Братец Кролик? — спросил Лис.

— Сказал бы, да нельзя, — отвечал Кролик.

— Уж лучше говори, — сказал Лис.

— Да так, кто-то спрятал тут ящик с деньгами, — говорит Кролик.

— Так я тебе и поверю! — говорит Лис.

— Да ты погляди, — сказал Кролик.

И только Лис сунул морду в очаг, Кролик все глаза ему засыпал нюхательным табаком; он всегда носил при себе табакерку.

И Лис давай кувыркаться — кувырком, кувырком, кувырком за порог. А Кролик вылез из трубы и попрощался с хозяйками.

— Как ты спровадил его, Братец Кролик? — спросила Матушка Мидоус.

— Кто, я? — сказал Братец Кролик. — Да я просто сказал ему, что если он тотчас же не уберётся домой и не перестанет докучать честным людям, я схвачу его за шиворот и все бока ему обломаю!

А Братец Лис кувыркался и кувыркался, пока не добрался до своего дома.

— А что сталось с Черепахой? — спросил Джоэль.

— Что сталось, что сталось! — воскликнул старик. — Вечно дети хотят всё узнать сразу! У тебя глаза уже слипаются. Беги спать, дружок!

Неудача Братца Волка

— Наверное, у мамы твоей гости, — сказал дядюшка Римус, когда Джоэль вбежал к нему с большущим куском слоёного пирога. — А если не гости, так, уж верно, она потеряла ключ от буфета, а ты нашёл его.

— Просто, дядюшка Римус, мне мама дала пирога, а я подумал: притащу его тебе.

Старик улыбнулся:

— Спасибо, спасибо, сынок. Этот пирог как раз мне поможет собраться с силами, чтоб рассказать дальше про Братца Кролика и про его друзей.

Тут старик замолчал и принялся за пирог. Он справился с ним очень быстро. Потом стряхнул крошки с бороды и начал:

— Так обозлился Старый Лис на Братца Кролика — просто не знал, что и делать, совсем нос повесил. Вот идёт он как-то по дороге и встречает Братца Волка. Ну поздоровались, конечно, — как поживаешь, здоровы ли детки.

Волк и говорит:

— А ведь я придумал, как изловить Братца Кролика.

— Как? — спрашивает Лис.

Волк говорит, что нужно заманить его в дом к Братцу Лису.

— Ну, это дело нелёгкое. Как же его заманить ко мне? — спрашивает Лис.

— Обмануть, конечно.

— Кто ж это сможет его обмануть? — спрашивает Лис.

— Я сам и обману, — говорит Волк.

— Как же ты сделаешь это, Братец?

— А вот как, — говорит Волк. — Ты беги домой и ложись в постель, притворись, будто помер. Лежи и помалкивай, пока Братец Кролик не подойдёт и не тронет тебя. Вот провалиться, если он не достанется нам на обед!

Лису понравилась эта выдумка. Отправился он домой, а Волк — тот прямой дорогой пустился к дому Кролика.

Приходит, а дома как будто никого нет. Но Волк постучался в дверь: блям! блям! Никто не откликнулся. Он опять постучался: блим! блим!

— Кто там? — спросил Кролик.

— Друзья, — отвечает Волк.

— Друзья друзьям рознь, — говорит Кролик. — Ты скажи, как тебя звать.

— Я с худыми вестями, — говорит Волк.

— Вот всегда так, — говорит Братец Кролик. — Худые вести не ждут на месте.

А сам к двери, в щёлку глядит.

— Братец Лис помер нынче утром, — говорит Волк.

— Что же ты не в трауре? — спрашивает Кролик.

— Я как раз иду за этим, — отвечает Волк. — Думаю, дай забегу расскажу Братцу Кролику, какая беда приключилась. Вот сейчас только я от Братца Лиса. Протянул ножки, бедняга.

С этим Волк и ушёл.

Кролик сел, поскрёб в затылке, а там и решил, что сходит к Братцу Лису, узнает, что слышно.

Сказано — сделано: вскочил и пошёл.

Как пришёл он к дому Лиса — так всё уныло кругом! Подошёл поближе — никто не шелохнётся.

Заглянул в дом, а Лис лежит на кровати врастяжку, большой да страшный.

Тут Кролик и говорит потихоньку, будто сам с собой разговаривает:

— Бросили все бедняжку Братца Лиса. Я всё-таки верю, что выздоровеет Братец Лис, хотя и боюсь, что он помер. И никто не придёт проведать Братца Лиса! Братец Волк и тот его бросил. У меня, правда, дел по горло, но я присмотрю за ним. Так, с виду, он помер. А как подумаешь, так, пожалуй, и не помер он вовсе. Потому что, это всякий знает, если придёшь к покойничку, чуть он увидит тебя, сейчас же покойничек подымет кверху лапы и крикнет: «Ого-го!»

Но Старый Лис лежал тихо. Тогда Кролик сказал чуть погромче:

— Странное дело! Братец Лис ну совсем мёртвый, а ведёт себя, как покойнички не ведут. Покойник, если придут взглянуть на не-

го, тотчас подымет кверху лапы и крикнет: «Ого-го!»

Тут, конечно, Лис поднял лапы и крикнул: «Ого-го!»

А Братец Кролик — тягу во все лопатки.

Братец Лис и лягушки

Когда Джоэль прибежал к старой хижине на другой день и крикнул издали: «Добрый вечер, дядюшка Римус!» — старик ответил ему только:

— Ай-дум-ер-кер-ком-мер-кер!

Мальчик очень удивился:

— Что ты сказал, дядюшка Римус?

— Ай-дум-ер-кер-ком-мер-кер! Ай-дум-ер-кер-ком-мер-кер!

— Что это значит?

— Это черепаший разговор, дружок... Пожил бы ты с моё, мальчик, да повидал бы, сколько я повидал на моём веку, ты бы всякую тварь понимал. Вот тут одна старая крыса живёт; как все лягут спать, она, бывает, приходит, сидит там в уголку, и мы с ней толкуем. Уж конечно, что она говорит, этого в букваре не найдёшь. Я сейчас вспомнил как раз, что сказал Братец Черепаха Старому Лису, когда Лис отпустил его хвост.

— А что он сказал, дядюшка Римус?

— Вот это и сказал: ай-дум-ер-кер-ком-мер-кер! Нырнул на дно пруда и оттуда — пузырями: ай-дум-ер-кер-ком-мер-кер!

Братец Лис — тот ничего не сказал, а Сестрица Лягушка, что на берегу сидела, услыхала Братца Черепаху и кричит в ответ:

— Джаг-ер-ром-ком-дом! Джаг-ер-ром-ком-дом!

Тут все лягушки, сколько их было на берегу, подняли крик:

— Тут не гру-бо-ко! Тут не гру-бо-ко!

А Сестрица Лягушка громче всех:

— Вра-ки-э-то-вра-ки! Вра-ки-э-то-вра-ки!

Опять пузыри пошли от Братца Черепахи:

— Ай-дум-ер-кер-ком-мер-кер!

Лягушки кричат:

— Пры-гай, пры-гай в пруд! Пры-гай в пруд!

А Сестрица Лягушка громче всех:

— Там-дру-га-я-ри-са! Там-дру-га-я-ри-са!

Глянул Братец Лис в воду — и правда, там, в воде, другой Лис. Потянулся Лис, чтобы пожать ему руку, и кувырком в пруд. Все лягушки кричат:

— Ку-выр-ком! Ку-выр-ком! Ку-выр-ком!

А Братец Черепаха — пузырями:

— Ай-дум-ер-кер-ком-мер-кер!

— Что ж, Лис утонул, а, дядюшка Римус?

— Утонуть-то не утонул, мой мальчик, — ответил старик, — кое-как он выкарабкался из пруда. А ещё бы минутка — утащил бы его на дно Братец Черепаха, и был бы Старому Лису конец.

Как Братец Лис охотился, а добыча досталась Братцу Кролику

— Старый Лис услыхал, как Кролик проучил Братца Волка, и подумал: «Как бы мне не попасть в беду. Оставлю-ка лучше его в покое».

Они встречались частенько, и много-много раз Братец Лис мог схватить Кролика. Но всякий раз, как выпадет такой удобный случай, ему на ум приходит Волк, и он оставлял Братца Кролика в покое.

Мало-помалу стали они дружить. Случалось, Лис заходил даже к Кролику в гости; они сидели вместе и раскуривали трубки, будто между ними никогда и не бывало никакой вражды.

Вот как-то пришёл Братец Лис и спросил, не пойдёт ли Кролик с ним на охоту. А Кро-

лика что-то лень одолела, он и сказал Братцу Лису, что у него есть в запасе рыбка, он как-нибудь обойдётся.

Братец Лис сказал, что ему очень жаль, но он всё-таки пойдёт, попытает счастья один. И ушёл. Он охотился весь день. Удача ему была на диво: дичи набил полную сумку.

А Кролик, как подошло дело к вечеру, потянулся, размял косточки и сказал себе, что Братцу Лису уже время возвращаться домой.

Он влез на пенёк, посмотрел, не видать ли кого. Глядь-поглядь — бредёт Братец Лис, распевает во всю глотку песни.

Спрыгнул Кролик с пенька, улёгся посреди дороги, прикинулся мёртвым. Идёт мимо Лис, видит — лежит Кролик. Перевернул он его, посмотрел и говорит:

— Какой-то мёртвый кролик валяется. Похоже, что он давно издох. Дохлый, а жирный. Такого жирного и не видал никогда. Только он слишком давно издох — боюсь, как бы не повредило.

Братец Кролик — ни гугу! Старый Лис облизнулся, но пошёл прочь — кинул Кролика на дороге.

Чуть скрылся Старый Лис с глаз, Кролик вскочил, побежал лесочком, лёг впереди на дороге.

Идёт Братец Лис, видит — ещё один кролик лежит, дохлый, твёрдый, как деревяшка. Посмотрел Лис на Кролика и вроде как задумался. Потом отстегнул свою охотничью сумку и говорит:

— Ишь ты — второй! Положу-ка я сумку, сбегаю за тем кроликом. Принесу домой двух. Позавидуют мне все, что я за охотник.

Бросил под куст свою добычу и побежал по дороге за первым кроликом.

Только он скрылся из виду, Братец Кролик вскочил, схватил его сумку — и домой.

На другой день, когда встретил Лиса, кричит ему:

— Чего добыл ты вчера, Братец Лис?

А Братец Лис полизал, полизал свой бок языком и отвечает:

— Чуточку ума раздобыл, Братец Кролик!

Тут Кролик рассмеялся и говорит:

— Знал бы я, что ты за этим ходил, я бы тебе своего дал немножко.

Почему у Братца Опоссума голый хвост

— Однажды Братец Опоссум так проголодался — ну, кажется, всё бы отдал за горсть фиников. Он был отчаянный лентяй, Братец Опоссум, но вот в животе у него так заворчало и заныло, что он встал и пошёл поискать чего-нибудь съедобного. И кто бы, ты думал, встретился ему на дороге? Ну конечно, Братец Кролик!

Они были закадычными друзьями, потому что Братец Опоссум никогда не досаждал Кролику, как другие звери.

Сели они рядышком у дороги, стали болтать о том о сём. Братец Опоссум и скажи Кролику, что он прямо подыхает с голоду.

А Кролик подскочил, хлопнул рукой об руку и сказал, что он как раз знает, где можно раздобыть отличных фиников.

— Ну где же? — спросил Опоссум.

А Кролик сказал, что их тьма-тьмущая в саду у Братца Медведя.

— А разве у Медведя был финиковый сад, дядюшка Римус? — спросил мальчик.

— Ну конечно, сынок. Потому что Братец Медведь кормится пчелиным мёдом. Он и посадил у себя финиковые деревья: к ним прилетали пчёлки, а Медведь смотрел, куда они полетят из сада, бежал за ними и находил медовые дупла. Ну, да это неважно. Уж раз я говорю, что у него был сад, значит, был,

а у Братца Опоссума так и потекли слюнки, чуть он услышал про финики.

Кролик и кончить не успел, а уж он встал и бегом к саду Братца Медведя. Он вскарабкался на самое высокое финиковое дерево, какое было в саду.

Но Братцу Кролику хотелось позабавиться. Он живёхонько припустил к дому Медведя и поднял крик, что кто-то безобразничает в финиках. А Братец Медведь со всех ног в свой сад.

Опоссуму всё чудилось, что идёт Братец Медведь, но он всё говорил себе:

— Ещё один финик, и удеру. Ещё один финик, и удеру.

Вдруг он услышал, что Медведь и вправду идёт.

— Ещё один финик, и я удеру, — сказал Опоссум, и в ту же минуту Медведь подбежал к дереву да как тряхнёт его!

Братец Опоссум свалился с дерева, как самый спелый финик, но у самой земли он собрал ноги вместе и бегом к забору, как хорошая скаковая лошадь.

А следом за ним — Братец Медведь. Медведь нагонял его с каждым шагом, так что только Опоссум успел подбежать к забору — Медведь хвать его за хвост.

Братец Опоссум прошмыгнул сквозь жерди, как дёрнет хвостом — и протащил свой хвост между зубов Медведя.

Братец Медведь так крепко держал и Братец Опоссум тащил так сильно, что вся шерсть осталась в пасти у Медведя, и он бы, конечно, задохнулся, если бы Кролик не притащил ему воды.

— Вот с этого самого дня у Опоссума голый хвост, — сказал дядюшка Римус, старательно выколачивая пепел из своей трубки. — У Братца Опоссума и всех его деток.

Братец Кролик — рыболов

— Братец Кролик и Братец Лис — они были очень похожи на моих знакомых ребят, — сказал дядюшка Римус, подмигивая мальчугану, который пришёл послушать ещё одну сказочку. — Вечно они гонялись друг за другом и всех беспокоили, и всем докучали. Только Кролику жилось поспокойней, потому что Старый Лис побаивался затевать с ним ссоры.

Вот однажды принялись Братец Кролик, и Братец Лис, и Братец Енот, и Братец Медведь расчищать новую делянку под гороховые грядки.

А солнышко стало припекать, и Кролик устал. Но он не бросал работы, потому что боялся прослыть лентяем. Он корчевал пеньки и сгребал хворост, а потом вдруг закричал, что загнал себе в руку колючку; улизнул и пустился искать прохладное местечко — отдохнуть в холодке.

Вот набрёл на колодец, а в колодце висела бадейка.

— Никак тут прохладно, — сказал Братец Кролик. — А верно ведь, тут прохладно. Заберусь-ка сюда и вздремну.

Сказал так — прыг в ведро. И только прыгнул, ведро поехало вниз да вниз.

— А Кролик не испугался, дядюшка Римус?

— Ох, дружок, ещё как! Уж, наверное, никто в целом свете не натерпелся такого страха. Откуда он едет, это он знал. А вот куда-то приедет?

Бадейка давно уже на воду села, а Кролик всё не ворохнётся, думает: что-то будет?

Лежит, будто мёртвый, трясётся от страха.

А Братец Лис одним глазком следил за Кроликом; как он улизнул с новой делянки, Старый Лис потихоньку за ним. Он смекнул, что Кролик удрал неспроста, и припустил за ним — ползком да ползком.

Увидел Лис, как Кролик подошёл к колодцу, и остановился. Увидел, как прыгнул в бадейку. А там глядь — исчез Братец Кролик! Уж, наверное, в целом свете ни один Лис не видал такого дива.

Сидел, сидел он в кустах и так и этак прикидывал — никак не возьмёт в толк, что бы это значило. Он и говорит сам себе:

— Вот подохнуть мне на этом самом месте, если Братец Кролик не прячет там свои денежки! Или он там золотую жилу нашёл. Я не я буду, если этого не разнюхаю!

Подполз Лис поближе, прислушался — ничего не слышно.

Поближе подполз — опять не слышно.

Подобрался он помаленьку совсем к колодцу, глянул вниз — и не видно ничего, и не слышно.

А Кролик тем временем лежал в бадейке ни жив ни мёртв. Он и ухом повести боялся — ну как бадейка кувырнётся, уронит его в воду?

Вдруг слышит, кричит Лис:

— Эй там, Братец Кролик! Ты к кому же это в гости собрался?

— Я? Да я просто рыбку ловлю, Братец Лис! Я просто надумал нам всем на обед изготовить ухи, вот и сижу, ловлю рыбку. Окунёчки тут хороши, Братец Лис, — отвечал Кролик.

— А много их там, Братец Кролик?

— Пропасть, Братец Лис, прямо пропасть! Ну, скажи, вся вода как живая! Ты бы спустился, помог мне таскать их, Братец Лис.

— Как же спуститься мне, Братец Кролик?

— Прыгни в бадейку, Братец Лис. Она тебя спустит сюда, как по лесенке.

Братец Кролик так весело говорил да так сладко, что Старый Лис, долго не мешкая, прыг в ведро! И поехал вниз, а Кролика потащило наверх, потому что Лис был тяжелее. Как повстречались они на полдороге, Братец Кролик пропел:

Не вздумай только утопиться,
Внизу — студёная водица!

Выскочил Кролик из бадейки и поскакал и сказал хозяевам колодца, что Старый Лис забрался в колодец и мутит там воду. Потом поскакал обратно к колодцу и крикнул вниз Братцу Лису:

Подымут кверху — не зевай,
Прыг из ведра — и удирай!

А хозяин колодца взял своё большое, длинное ружьё и со всех ног к колодцу. Глянул вниз — ничего не видно. Прислушался — ничего не слышно. Взялся за канат, тащит, тащит, вдруг — прыг! — только хвостом вильнул Братец Лис и был таков.

— А дальше что было, дядюшка Римус? — спросил мальчик, потому что старый негр задумался.

— Дальше, дружок? Может, полчаса прошло, а может, и того меньше, а Кролик с Лисом уж работали на новой делянке как ни в чём не бывало. Только Братец Кролик нет-нет да и прыснет со смеху, а Братец Лис — тот всё бранился, что земля чересчур тверда.

Как Братец Кролик управлялся с маслом

— Было когда-то время, — говорил дядюшка Римус, взбалтывая остатки кофе в кружке, чтобы собрать весь сахар, — было когда-то время — все звери жили дружно, как добрые соседи.

Вот однажды решили Братец Кролик, и Братец Лис, и Братец Опоссум всё добро своё держать вместе в одном чулане. Только у чулана прохудилась крыша, стала протекать. Братец Кролик, и Братец Лис, и Братец Опоссум собрались починять её. Дела тут было много, они прихватили с собой обед. Все харчи сложили в кучу, а масло, что принёс Лис, опустили в колодец, чтобы не размякло. И принялись за работу.

Сколько-то времени прошло — в животе у Кролика заурчало, заныло. На уме у него — маслице Братца Лиса. Как вспомнит о нём, так и потекут слюнки.

«Отщипну-ка я от него чуточку, — подумал Кролик. — Как бы мне только улизнуть отсюда?»

Работают все, работают. А Братец Кролик вдруг поднял голову, уши навострил и кричит:

— Тут я! Тут я! Чего вам надо?

Спрыгнул с крыши и ускакал.

Поскакал прочь Кролик, оглянулся, не бежит ли кто за ним, и во весь дух к колодцу. Достал маслице, полизал и скорее на работу.

— Где ты был, Братец Кролик? — спрашивает Лис.

— Ребятишки позвали меня, — отвечает Братец Кролик. — Беда приключилась: старуха моя заболела.

Работают они, работают. А масло по вкусу пришлось Кролику — ещё хочется. Поднял он голову, уши навострил, крикнул:

— Слышу! Слышу! Сейчас иду!

На этот раз провозился он с маслицем подольше прежнего. Воротился, а Лис спрашивает его, где это он пропадал.

— К старухе своей бегал. Совсем помирает, бедняжка!

Опять слышит Кролик, будто зовут его. Опять ускакал. Так чисто вылизал ведёрко Кролик, что самого себя увидел в донышке.

Вычистил досуха и со всех ног назад.

— Ну, как Матушка Крольчиха? — спрашивает Братец Лис.

— Боюсь, что скончалась уже, — отвечает Кролик.

И Братец Лис и Братец Опоссум ну плакать с ним вместе.

Вот подошло время обедать. Достают они свои харчи. А Кролик сидит грустный. Старый Лис и Братец Опоссум и так и этак стараются, чтобы его ободрить и утешить.

— Ты, Братец Опоссум, сбегай к колодцу за маслом, — говорит Лис, — а я здесь похлопочу, на стол накрою.

Братец Опоссум поскакал за маслом, глядь — уж он скачет обратно, уши трясутся, язык наружу.

Старый Лис кричит:

— Что случилось, Братец Опоссум?

— Бегите лучше сами, — говорит Опоссум. — Там масла — ни крошки!

— Куда же оно делось? — говорит Лис.

— Похоже, что высохло, — говорит Опоссум.

Тут Кролик говорит тихим голосом, грустным голосом:

— У кого-нибудь во рту растаяло, вот что!

Побежали они с Опоссумом к колодцу — и правда, масла ни крошки. Стали спорить, как могло приключиться такое чудо. А Братец Кролик вдруг говорит, что кто-то наследил тут кругом. Если все лягут спать, он изловит вора, который масло украл.

Вот легли они. Лис и Опоссум — те сразу уснули, а Кролик не спал. Как пришло время вставать, он намазал Братцу Опоссуму морду масляной лапкой, а сам поскакал, с обедом управился чуть не дочиста, воротился, будит Братца Лиса.

— Гляди, — говорит, — у Братца Опоссума рот-то весь в масле!

Растолкали они Братца Опоссума, говорят ему: ты, дескать, своровал масло. Опоссум ну отнекиваться.

А Братец Лис — ему бы впору судьёй быть — говорит:

— Ты! Как же не ты? Кто первый бегал за маслом? Кто первый сказал о пропаже? У кого рот весь в масле?

Видит Опоссум, прижали его к стенке. Он и говорит, что знает, как найти вора: нужно разжечь большой костёр, все будут прыгать через этот костёр, а кто упадёт в огонь — тот, стало быть, жулик и есть.

Кролик и Лис согласились, натаскали хворосту широкую кучу, высокую кучу, а потом подожгли. Разгорелся костёр хорошень-

ко. Вышел вперёд Братец Кролик. Попятился немножко, примерился да как прыгнет — ну прямо как птица перелетел через огонь. Потом вышел вперёд Братец Лис. Отошёл чуть подальше, поплевал на руки, разбежался — и прыг! Низёхонько пролетел, даже кончик хвоста подпалил.

— Ты видал когда-нибудь лисицу, сынок? — спросил дядюшка Римус.

Джоэль подумал, что, пожалуй, видал, но не признался в этом.

— Так вот, — продолжал старик, — в следующий раз, как увидишь лису, посмотри хорошенько, и ты найдёшь у неё на самом кончике хвоста белую метку. Эта метка — памятка от того костра.

— А как Братец Опоссум? — спросил мальчик.

— А Старый Опоссум — он разбежался и прыгнул — керблям! — прямо в огонь. Тут и конец был Старому Опоссуму.

— А ведь он совсем и не крал масла, дядюшка Римус! — сказал мальчик, который очень недоволен был таким несправедливым концом.

— Это ты прав, дружок! Так часто бывает на свете: один натворит бед, а другой за них отвечает. Помнишь, как ты науськал собаку на поросёнка? Не тебе ведь досталось, а собаке!

Корова Братца Кролика

— Однажды возвращался Братец Волк с рыбной ловли, — начал дядюшка Римус, задумчиво глядя на огонь в очаге. — Связку рыбы перекинул через плечо и трусил по дороге. Вдруг Матушка Перепёлка вспорхнула из кустов и захлопала крыльями у него под носом. Братец Волк подумал, что Матушка Перепёлка хочет увести его подальше от своего гнезда. Кинул он свою рыбу наземь — и в кусты, туда, откуда вылетела Перепёлка.

А как раз в эту пору случился тут Братец Кролик. Вот она — рыбка, а вот он — Кролик. Уж конечно, не такой человек Братец Кролик, чтобы пройти мимо рыбы, закрывши глазки.

Воротился Волк к тому месту, где оставил связку, а рыбки-то и нет. Сел Волк, поскрёб в затылке, подумал-подумал, и пришло ему на ум, что Братец Кролик бродит тут, по соседству.

Пустился Волк со всех ног к дому Братца Кролика.

— А ведь ты говорил, дядюшка Римус, что Волк боялся Кролика с тех пор, как Кролик ошпарил его кипятком? — перебил Джоэль старого негра.

Дядюшка Римус даже лоб наморщил с досады.

— Ай-яй-яй! — заворчал он, покачивая головой. — Всегда эти мальчишки спорят и спорят. Они думают, что всё знают лучше нас, стариков.

— Так ведь ты сам говорил, дядюшка Римус!

Но старик не смотрел на мальчика. Он будто и не слышал его. Дядюшка Римус наклонился и стал шарить рукой под стулом, среди обрезков кожи. А сам всё продолжал ворчать под нос:

— Прямо беда теперь с детьми. Ты думаешь, что они маленькие, а они уж вон какие! — Тут он вытащил из-под стула красивый кнутик, сплетённый из ремешков, с красной кисточкой на конце. — Я вот сделал кнутик для одного мальчика, а он уж вон какой вырос, лучше меня всё знает!.. Куда ему теперь кнутик!.. Придётся отдать этот кнутик комунибудь другому.

Тут у Джоэля на глазах блеснули слёзы, а губы дрогнули. Дядюшка Римус сразу растаял.

— Ладно, ладно, сынок, — сказал он, ласково похлопывая мальчика по руке. — Не обижайся на старого дядюшку Римуса. О чём это мы толковали? Как у Братца Волка рыба пропала, и Волк пустился со всех ног к дому Братца Кролика.

Прибегает, а Кролик и слыхом не слыхал ни про какую рыбу. Волк кричит:

— Не отпирайся, Братец Кролик!

А Кролик и знать ничего не знает. Волк на своём стоит.

— Никто, — говорит, — как ты, Братец Кролик, стащил мою рыбу!

Тут Братец Кролик обиделся.

— Если так, — говорит, — если ты уверен, что это я взял рыбу, бери, убивай любую мою корову!

Братец Волк поймал Братца Кролика на слове, пошёл на выгон и зарезал самую лучшую его корову. Братцу Кролику ох как горько было расставаться со своей коровой! Но он уж придумал одну штуку и шепнул своим деткам:

— Не горюйте, ребятки, мясо-то будет наше!

Он прискакал сломя голову и крикнул Волку, что охотники рыщут вокруг.

— Беги, прячься, Братец Волк, — сказал Кролик, — а я побуду пока здесь, постерегу корову.

Только услыхал Волк про охотников — сразу в кусты. А Братец Кролик живёхонько ободрал корову и просолил шкуру, а тушу всю раскроил и повесил в своей коптильне. Потом взял коровий хвост и воткнул его

концом в землю. Покончил с коровой, кличет Волка:

— Скорей сюда, Братец Волк! Скорей сюда! Твоя корова удирает в землю. Скорей сюда!

Волк прибегает, глядь — Кролик сидит, ухватился за коровий хвост, чтобы хвост не ушёл в землю.

Подоспел к нему Волк на помощь, как потянут они вдвоём за хвост — вырвали хвост из земли.

Братец Кролик поглядел на него и говорит:

— Ох, досада какая! Хвост оборвался, а корова ушла!

Но Братец Волк не хотел отступаться от своего добра. Он взял лом, и мотыгу, и лопату и копал, чтоб отрыть эту корову. А старый Кролик сидел у себя на завалинке, покуривал сигару. Каждый раз, как ударит Волк мотыгой, Братец Кролик шепнёт своим деткам:

— Роет, роет, роет, а мяса-то нету! Роет, роет, роет, а мяса-то нету!

Потому что мясо давно лежало в коптильне.

И долго-долго Братец Кролик и все его детки лакомились жареной говядиной всякий раз, как побегут у них слюнки.

— А теперь, сынок, возьми этот кнутик, — прибавил старик, — и скачи домой. Можешь сказать своей маме, чтобы она постегала тебя им в следующий раз, когда ты заберёшься в банку с сахаром.

Братец Медведь и Сестрица Лягушка

— Ну ты расскажи мне, дядюшка Римус, — пристал Джоэль, — поймал Медведь потом Братца Кролика?

Всё лицо старика прорезали весёлые морщинки смеха.

— Глупости ты говоришь, сынок. Не такой человек Братец Кролик. Вот Медведь — тот опять попал в беду.

— Как же это было, дядюшка Римус?

— Братец Медведь бежал, бежал по дороге, видит — нет Братца Кролика.

— Ну постой же, Сестрица Лягушка, — сказал Братец Медведь. — Я тебе покажу, как людей обманывать! Хоть через год, а попомню тебе это!

Но не прошло и года, и месяца, не прошло и недели, возвращался Медведь из лесу, где искал медовых дупел, глядь — на бережку, у болотца, сидит старая Сестрица Лягушка. Бросил Братец Медведь свой топор, подошёл к ней потихоньку, протянул лапу да как схватит Сестрицу Лягушку! Вот так. Прижал её получше и говорит:

— Как поживаешь, Сестрица Лягушка? Как твои детки? У нас с тобой сегодня будет долгий разговор, не знаю уж, когда увидят они тебя снова.

А Лягушка не знала, что и сказать. Она не знала, в чём дело, и ничего не сказала. Сидит и молчит. А Медведь опять своё:

— Неужто забыла, как ты обманула меня насчёт Братца Кролика? Потешилась надо

мной, Сестрица Лягушка? Теперь я над тобой потешусь.

Тут Лягушка испугалась и говорит:

— Чего я тебе сделала, Братец Медведь? Когда это я обманывала тебя?

Братец Медведь рассмеялся. Ему хотелось потешиться над Лягушкой.

— Нет, конечно, нет, Сестрица Лягушка! Ведь не ты же это выставила из воды голову и сказала мне, что Братец Кролик только что пробежал. Ну конечно, не ты. Ты в это время вовсе сидела дома со своими детками. Уж и не знаю, где он, твой дом, зато я знаю, где ты сейчас, Сестрица Лягушка, и ещё я знаю, что больше никогда не придётся тебе дурачить добрых соседей вот тут, у этой дороги.

Конечно, Лягушка не знала толком, что хочет с ней сделать Братец Медведь. Но она поняла, что как-то ей надо спасать свою жизнь, да спасать поскорей, потому что Братец Медведь уж защёлкал зубами.

Вот Лягушка и крикнула:

— Братец Медведь, отпусти меня на этот раз! Я никогда больше не буду! Отпусти меня, Братец Медведь, я за это покажу тебе самое жирное медовое дупло во всём лесу!

А Братец Медведь всё щёлкает зубами, пена всё течёт у него изо рта.

Сестрица Лягушка снова кричит:

— Отпусти меня, Братец Медведь! Я никогда-никогда больше не буду! Только раз, только раз отпусти!

Но Старый Медведь сказал, что ей всё равно конец пришёл, и стал уже думать, как расправиться с Сестрицей Лягушкой. Он знал, что её не утопишь, а сжечь — у него огня не было.

Думал он, думал...

Вдруг Лягушка перестала кричать и плакать и говорит:

— Если ты хочешь убить меня, Братец Медведь, снеси меня к тому большому камню — на краю пруда, — чтобы я хоть в последний раз могла поглядеть на моих деток. А потом ты возьмёшь свой топор и пришибёшь меня на этом самом камне.

Этот совет понравился Братцу Медведю, и он согласился: взял Сестрицу Лягушку за задние ноги и вскинул топор на плечо; пошёл, положил Лягушку на камень. Она прикинулась, будто смотрит на своих деток, а Медведь постоял, постоял и взялся за топор. Поплевал на руки, размахнулся — как стукнет по камню: блям!

Но пока он подымал топор и опускал его, старая Сестрица Лягушка прыгнула в пруд — керблинк, керблинк! Отплыла подальше и запела.

Вот какую она пела песню:

Ингл-го-дженг, ура, ура!
Ингл-го-дженг, ура!
Вот я и дома. Ура, ура!
Ингл-го-дженг, ура!

— Это очень смешная песенка, — сказал мальчик.

— Смешная, конечно, — ответил старик, — потому что мы не понимаем по-лягушечьи. А если б мы понимали, может, она вовсе и не была бы смешная.

Содержание

Братец Лис и Братец Кролик 3

Смоляное чучелко 9

Храбрый Братец Опоссум 12

Как Братец Кролик перехитрил Братца Лиса 17

Сказка про лошадь Братца Кролика 21

Как Братец Кролик опять перехитрил Братца Лиса 30

Как Братец Сарыч перехитрил Братца Лиса 36

Как Братец Кролик выдоил Матушку Корову 40

В гостях у Матушки Мидоус 47
Неудача Братца Волка 55
Братец Лис и лягушки. 60
Как Братец Лис охотился,
а добыча досталась Братцу Кролику 63
Почему у Братца Опоссума
голый хвост 67
Братец Кролик — рыболов. 71
Как Братец Кролик управлялся
с маслом 76
Корова Братца Кролика. 83
Братец Медведь и Сестрица
Лягушка 88

УДК 821.111(73)-053.2
ББК 84(7Сое)
Х21

Литературно-художественное издание
Серия «Библиотека начальной школы»
Для младшего школьного возраста

Дж. Ч. Харрис

СКАЗКИ ДЯДЮШКИ РИМУСА

(в сокращении)

Пересказ с английского М. Гершензона

Дизайн обложки *Е.А. Гордеевой*

Редакторы Е. Целлариус, Ю. Ромадёнкова. Художественный редактор Е. Гордеева
Технический редактор Е. Кудиярова. Корректор И. Мокина

Общероссийский классификатор продукции
ОК-005-93, том 2; 953000 – книги, брошюры

Подписано в печать 06.07.2016. Формат 60x90/16
Усл. п. л. 6,00. Доп. тираж 5000 экз. Заказ № 5840

ООО «Издательство АСТ»
129085, г. Москва, Звёздный бульвар, д. 21, строение 3, комната 5
Наш электронный адрес: malysh@ast.ru Home page: www.ast.ru
Мы в социальных сетях. Присоединяйтесь!
https://www.facebook.com/IzdatelstvoMalysh https://www.facebook.com/avantabooks
http://vk.com/izdatelstvo_malysh http://vk.com/avanta_books
https://instagram.com/malysh_books

«Баспа Аста» деген ООО
129085, г. Мәскеу, жұлдызды гүлзар, д. 21, 3 құрылым, 5 бөлме
Біздің электрондық мекенжайымыз: www.ast.ru
E-mail: malysh@ast.ru

Қазақстан Республикасында дистрибьютор және өнім бойынша арыз-талаптарды қабылдаушының өкілі
«РДЦ-Алматы» ЖШС, Алматы қ., Домбровский көш., 3«а», литер Б, офис 1.
Тел.: 8(727) 251 59 89,90,91,92, факс: 8 (727) 251 58 12 вн. 107; E-mail: RDC-Almaty@eksmo.kz
Өнімнің жарамдылық мерзімі шектелмеген.

Өндірген мемлекет: Ресей
Сертификация қарастырылған

Отпечатано в филиале «Тверской полиграфический комбинат детской литературы»
ОАО «Издательство «Высшая школа». 170040, г. Тверь, проспект 50 лет Октября, д. 46.
Тел.: +7 (4822) 44-85-98. Факс: +7 (4822) 44-61-51

Харрис, Дж.
Х21 Сказки дядюшки Римуса / Дж. Ч. Харрис; худож. И. Кострина. – Москва Издательство АСТ, 2016. – 94, [2] с. – ил. – (Библиотека начальной школы).

ISBN 978-5-17-084944-4.

Американский писатель Джоэль Чандлер Харрис (1845–1908) собирал сказки которые рассказывали чернокожие рабы. Эти истории о Братце Кролике, Братце Лисе, Братце Волке и других животных, пропитанные народной мудростью и юмором и полюбившиеся читате-лям многих стран, вошли в книгу «Сказки дядюшки Римуса».

Для младшего школьного возраста.

УДК 821.111(73)-053.2
ББК 84(7Сое)

0+